AF454933

TABLEAUX MODERNES

PAR

ANT. CHITTUSSI

VENTE HOTEL DROUOT, SALLE N° 3

Le Samedi 23 Février 1884

A DEUX HEURES

EXPOSITION LE VENDREDI 22 FÉVRIER 1884

DE UNE HEURE ET DEMIE A CINQ HEURES

Me ESCRIBE	MM HARO ET FILS
COMMISSAIRE-PRISEUR	PEINTRES-EXPERTS
6, rue de Hanovre	14, rue Visconti et 20, rue Bonaparte

1884

BOURLOTON. — Imprimeries réunies, A. rue Mignon, 2.

CATALOGUE

DES

TABLEAUX MODERNES

PAR

ANT. CHITTUSSI

DONT LA VENTE AURA LIEU

HOTEL DROUOT, SALLE N° 3

Le Samedi 23 Février 1884

A DEUX HEURES

EXPOSITION LE VENDREDI 22 FÉVRIER 1884

DE UNE HEURE ET DEMIE A CINQ HEURES

Mᵉ ESCRIBE
COMMISSAIRE-PRISEUR
6, rue de Hanovre

MM. HARO ❊ ET FILS
PEINTRES-EXPERTS
14, rue Visconti, et 20, rue Bonaparte

1884

CE CATALOGUE SE DISTRIBUE

A PARIS, CHEZ

Me ESCRIBE COMMISSAIRE-PRISEUR 6, rue de Hanovre	MM. HARO ✱ ET FILS PEINTRES-EXPERTS 14, rue Visconti, et 20, rue Bonaparte

CONDITIONS DE LA VENTE

Elle sera faite au comptant.

Les acquéreurs payeront *cinq pour cent* en plus du prix d'adjudication.

Né à Ronov, en Bohême, Antoine Chittussi a débuté par être élève de l'École Polytechnique de Prague. Mais qui peut résister à l'attrait d'une véritable vocation? Celle de Chittussi le portait vers les Beaux-Arts, la peinture particulièrement. Il quitta donc ses premières études pour se livrer à la carrière artistique, et c'est des écoles impériales de Vienne, de Prague et de Munich qu'il est sorti, doté d'une pension du gouvernement autrichien.

Après avoir voyagé un certain temps à travers la Bohême, la Hongrie et l'Allemagne; après avoir, en 1878, fait en Bosnie et en Herzégovine la campagne contre la Turquie, le jeune artiste est venu se fixer à Paris, cet irrésistible aimant qui attire tous les hommes de talent, tous les artistes qui viennent lui demander le cachet de son goût incomparable, la consécration de ses suffrages et de sa renommée.

Artiste véritable, travailleur ardent et sérieux, admirateur sincère de nos maîtres modernes, paysagistes français, Antoine Chittussi est un contemplateur de la belle nature devant laquelle son âme s'arrête avec émotion.

Depuis cinq ans qu'il habite Paris, où il est des nôtres par le cœur et la plus vive sympathie, le jeune peintre tchèque qui nous occupe a exposé à tous les Salons annuels. — On a remarqué de lui notamment deux toiles importantes, d'un chaud et puissant coloris : le *Quai de la Conférence* (Salon de 1881) et les *Montagnes Tchéquo-Moraves* (Salon de 1882), dernier tableau qui a été reproduit par le journal l'*Art*.

Ce qu'il nous plaît de reconnaître en lui, c'est un sentiment profond, poétique et juste de la nature, une sensibilité pénétrante qui répercute ses impressions ; — c'est la franchise de sa palette, la simplicité, la souplesse et la vivacité de sa touche, et enfin la qualité de son coloris, toujours harmonieux.

Dans cette réunion de soixante toiles, panneaux et études, présentés au public et qui forment la collection intéressante mise sous nos yeux, plus d'un de ces paysages sera remarqué des connaisseurs et des artistes. — Tous n'ont pas une importance égale, mais tous sont pris sur nature, tous en montrent un côté poétique ou pittoresque, tous en réflètent le charme et le parfum.

Bornons-nous à citer plusieurs études prises dans la *Forêt de Fontainebleau* (le n° 1 notamment est un petit bijou que n'eût point désavoué notre célèbre Théodore Rousseau); une grande et belle étude du *Plateau de Belle-Croix* (n° 24); une autre plus petite (n° 10); une vue prise à *Acquigny*, tout égayée par un champ de coquelicots (n° 12); la *Vallée de Valenton*, charmant pendant au n° 1; la *Rivière Moldaü, près Prague* (n° 16); puis une suite de vues de Paris et de ses environs, source féconde d'inspirations dont M. Chittussi, lui aussi, subit l'influence et le charme. Plus loin, des *Vues d'Ermenonville*, des paysages saisis en pleine Normandie, et enfin, — contraste de nature à piquer l'indolente curiosité des Parisiens, — des sites âpres et sauvages, mais très caractéristiques, de la Bohême, de la Hongrie et de la Dalmatie.

Favoriser dans son essor, aider à mettre en lumière un jeune artiste qui joint à son mérite propre et à ses heureuses dispositions une sympathie marquée et dévouée pour la France, une admiration passionnée pour les maîtres dont s'honore notre grande École paysagiste française, — c'est un acte d'impartiale justice qui sied au caractère français, toujours généreux et prompt à reconnaître le mérite de ses voisins, même chez ses émules : — c'est un sentiment qui trouvera certainement de l'écho parmi nos collègues et parmi les amateurs, aussi bien que dans le public.

J. DE TARADE.

TABLEAUX MODERNES

DÉSIGNATION

TABLEAUX MODERNES

1 — Forêt de Fontainebleau.

T. — H. 0,16 1/2. L. 0,25 1/2.

2 — Coin de village tzigane en Hongrie.

B. — H. 0,22. L. 0,27.

3 — Le Lac d'Ermenonville (Oise).

T. — H. 0,45. L. 0,80.

4 — L'Ile Saint-Louis, à Paris, vue du pont d'Austerlitz.

B. — H. 0,24 1/2. L. 0,35.

5 — Le Quai de la Rapée, à Paris, vu du pont de Bercy.

B. — H. 0,24 1/2. L. 0,35.

6 — La Seine au pied des collines d'Argenteuil.

T. — H. 0,27. L. 0,41.

7 — Plateau dans les montagnes, en Bosnie (soleil couchant).

T. — H. 0,15. L. 0,26.

8 — Palais du Trocadéro, vu du Champ-de-Mars.

T. — H. 0,20. L. 0,28.

9. — Paysage en Bohême.

B. — H. 0,22. L. 0,27.

10 — Plateau de Belle-Croix (forêt de Fontainebleau).

B. — H. 0,80. L. 0,46.

11 — Les Bruyères d'Ermenonville (Oise).

B. — H. 0,30. L. 0,46.

12 — Paysage près d'Acquigny (Eure).

B. — H. 0,24 1/2. L. 0,35.

13 — Chaumière en Bosnie.

B. — H. 0,15. L. 0,26.

14 — Vallée de Valenton, près Boissy-Saint-Léger.

B. — H. 0,17 1/2. L. 0,26.

15 — Un coin de Barbizon.

T. — H. 0,20. L. 0,33.

16 — La Rivière Moldaü avec le château de Froïa, près Prague (Bohême).

B. — H. 0,65. L. 1,00.

17 — La Marne à Charentonneau.

T. — H. 0,45. L. 0,80.

18 — Dans les champs de Velizy.

T. — H. 0,22. L. 0,40.

19 — Une carrière à Asnières.

T. — H. 0,15. L. 0,24 1/2.

20 — La Seine près du pont de Neuilly.

B. — H. 0,24 1/2. L. 0,35.

21 — Le Champ-de-Mars à Paris en 1880.

B. — H. 0,10 1/2. L. 0,20.

22 — L'Eure près d'Acquigny.

B. — H. 0,24 1/2. L. 0,35.

23 — La Seine près du pont de Saint-Denis.

T. — H. 0,23. L. 0,35.

24 — Forêt de Fontainebleau (plateau de Belle-Croix).

T. — H. 0,54. L. 0,84.

25 — Un ruisseau en Bohême (soleil couchant).

B. — H. 0,16. L. 0,21 1/2.

26 — La Seine au pont de l'Alma.

T. — H. 0,39. L. 0,56.

27 — Une auberge dans les montagnes hautes de la Bosnie.

T. — H. 0,59. L. 0,73.

28 — Vieux moulin dans l'île de Saint-Ouen.

T. — H. 0,21 1/2. L. 0,27.

29 — Dans l'île de la Grande-Jatte.

B. — H. 0,27. L. 0,35.

30 — L'Eure près du pont d'Acquigny (soleil couchant).

T. — H. 0,17. L. 0,27.

31 — Un sentier dans les terrains boisés de Gentilly.

B. — H. 0,19. L. 0,32.

32 — Le Moulin de la Galette (buttes Montmartre).

T. — H. 0,18 1/2. L. 0,25 1/2.

33 — La Seine près de Saint-Denis.

T. — H. 0,19. L. 0,29.

34 — Le Canal de la Marne à Charenton.

B. — H. 0,24 1/2. L. 0,35.

35 — Chaumière normande.

B. — H. 0,15. L. 0,19 1/2.

36 — Sur le sommet de la butte Montmartre.

T. — H. 0,15. L. 0,25 1/2.

37 — Lever de lune (souvenir de Créteil).

T. — H. 0,10 1/2. L. 0,18.

38 — Un coin de la forêt de Fontainebleau.

B. — H. 0,24 1/2. L. 0,35.

39 — Le Champ de la Butte-Mesly (Seine-et-Marne).

T. — H. 0,15 1/2. L. 0,30.

40 — La Seine à Puteaux.

B. — H. 0,24 1/2. L. 0,35.

41 — La Marne à Charenton.

B. — H. 0,27. L. 0,35.

42 — Sur la lisière de la forêt d'Ermenonville.

T. — H. 0,32. L. 0,46.

43 — Maisons de maraîchers dans la plaine de Gennevilliers.

T. — H. 0,27 1/2. L. 46.

44 — La Seine à Saint-Ouen.

B. — H. 0,16. L. 0,22.

45 — Les Chênes du plateau de Belle-Croix (Fontainebleau).

B. — H. 0,15. L. 0,21.

46 — Paysage (effet de soleil couchant).

T. — H. 0,16. L. 0,25.

47 — Les Rochers et les bruyères d'Ermenonville.

T. — H. 0,32. L. 0,46.

48 — Berge de la Seine (quai de Javel).

B. — H. 0,19. L. 0,31.

49 — La Mare du plateau de Belle-Croix.

T. — H. 0,32. L. 0,46.

50 — Un coin de l'île Saint-Ouen.

T. — H. 0,29. L. 0,41.

51 — Paysage en Bosnie.

B. — H. 0,16. L. 0,22.

52 — Cimetière turc en Bosnie.

T. — H. 0,40. L. 0,60.

53 — Rochers et bruyères (soleil couchant).

B. — H. 0,21. L. 0,24.

54 — Sur la butte Montmartre : vue de Paris (côté nord-est).

B. — H. 0,19. L. 0,33.

55 — Côtes dalmates à Castel-Vecchio.

T. — H. 0,32. L. 0,46.

56 — Une rue à Livno en Bosnie.

T. — H. 0,32. L. 0,46.

57 — Sablière à Asnières.

T. — H. 0,23 1/2. L. 0,31.

58 — Sur le chemin de Mesly à Valenton.

T. — H. 0,24. L. 0,40 1/2.

59 — Paysage en Herzégovine.

B. — H. 0,19. L. 0,32.

60 — Vues du lac et de l'ermitage de Jean-Jacques-Rousseau à Ermenonville.

(Trois aquarelles sous un même cadre.)

BOURLOTON. — Imprimeries réunies, A, rue Mignon, 2, Paris.

www.ingramcontent.com/pod-product-compliance
Ingram Content Group UK Ltd.
Pitfield, Milton Keynes, MK11 3LW, UK
UKHW021045260726
13994UKWH00005B/2362